清澈

灯灯／著

长江出版传媒 长江文艺出版社

目　录

第一辑　我要等万物跟上来

湖边　003

流水　004

九曲　005

风动时　006

弹流水　007

所见　008

戏中人　009

写字　010

喜马拉雅山　011

呼唤　012

白鹭　013

以我之力　014

非洲鼓　015

黑白之间　016

雨中白鹭　017

018 比零更小的……

019 归去来兮

020 骑手

021 琴声不绝

022 人称

023 失去

024 见我

025 汉字遇良人

026 二月二，春风过境

027 困境

029 大雨中回神

030 问

031 暮晚课

032 和解，或者广陵散

033 徒有悲哀

034 曲终人不散

035 云过三省

036 但雨不是

037 空山

第二辑　清澈

041 一日

042 一张白纸在飞

脸谱 043

仙山湖 044

清澈…… 045

湖边 046

马影湖 047

大雪之夜 048

过响水 049

雨夜 050

大雾起 051

墨水湖 052

鄱阳湖 053

抚仙湖 054

黄昏 055

发明一条河流 057

颂钵 058

只有一个我在我之上 059

欸疚 061

为敌 062

立冬日 063

黄昏，或者眼睛 064

枯山水 066

高姥山，和一株杜鹃相认 067

花溪遇蝴蝶先生 068

圆明园 069

070　等······

071　婆婆纳

072　确信

073　鹧鸪叫着

第三辑　雨弹奏树叶

077　爱

078　呵斥

079　异乡人

081　雨弹奏树叶

082　暮晚

083　即景

084　山前

085　一部分

086　白和绿······

087　大雁在天上写什么字

088　木头

089　梅花的模样

090　答案

091　山中

092　区别是······

093　4月4日，一封信

095　只有流水

飞是自己要飞　097

对一滴雨滴的凝视　099

诗人，或风中俯仰大笑的高粱　100

孤　101

安福寺　102

九华山　103

静安寺　104

第四辑　出路

嵇康打铁　109

出路　110

波澜……　111

塑料生活　112

水在茶壶里　113

瓢虫和大海　114

霜降　115

一个隐喻　116

观海　117

如此我问　118

止于……　119

清算　120

疑问　122

草木今安在　123

124　时辰

125　接受和不接受

126　苴沙人

127　苴沙遇雨

128　方岩山寄胡公

129　壬寅年仲夏，在欢潭村

131　鳄鱼听经

132　无字歌

134　责备

第五辑　长歌

139　在南山

142　酒魂

147　后山记

152　空椅子

155　在威海

160　红月亮

164　汨罗江之女人

168　瓶子的质问

第一辑

我要等万物跟上来

湖　边

水的栅栏，光线的老虎在走动。
我再次感觉到群山
和更高远，未知的事物。

我把我，推了出去。

流　水

流水是这样不顾我的感受，带来
上游的消息，不可更改的消息
坏消息多于好消息
远山用青色更换郁积，子规鸟啼血中
看见故国
看见故国以远，更远的人类
雕栏还在，从纸扇一跃而出
明月加固了它们的身子
明月把它们的影子
放到辽远，成千上万倍……

是的是的。流水是这样不顾及我的感受
它带着
我永不可能抵达的勇气
和无畏无惧

带着那个真正像我一样的我
世事中，微笑前行……

并把我，成功留在了原地。

九　曲

一条路改变主意，并不表示
它回心转意
我在任何地方都能看见
这样的小路，弯路
一路往回走
越走越瘦小，越走越没有话说，越走
越不知道走向哪
这一次是在内蒙古，在九曲
我从飞机往下看
每一个弯道，都深藏着一把刀
都无用武之地
都委屈，愤怒
落日下涨红了脸
都像同一个人，被同一条
河流追赶
同样说不出话：

仿佛，一个被自己追问的人
一边走，一边捂着自己的心肠。

风动时

风动时，善恶分站两边。
风动时，昨天的我，反对今天的我。
风动时，明天的我，在风中
寻找我——

白纸上深深的折痕，离开的手
空中，孤悬的蝴蝶

风动时，过尽千帆皆是
月亮，是月亮欠下的债
算命的人从竹筒抖落命签，回声处处：

风在动，草又长了一寸。

弹流水

弹奏流水的人隐到石头的内部。
水纹颤动之间，流水被风
又弹奏了一曲。

倾听的耳朵四面八方。
争执的耳朵四面八方。

顺着波纹我直上天梯，这一次
我不弹奏流水
我在天地的中心

人心在命里，各执一词。我赠流水无声。
流水不说话
流水带走人们说的话。

所　见

杀鱼，鱼不叫喊。
踩蚂蚁，蚂蚁认命。

蛛网上的蝴蝶，挣脱后
又一头撞进另一张。

这些都不算什么——

还有那么多鱼
有那么多鱼
游向刀子，和刀子相依为命
有那么多蚂蚁，一直排队
来到鞋底

还有一个人：
因为徒劳，而写下这一切。

戏中人

孤独收获了月亮。水龙头呵斥了江河。
戏中的人，唱词悲愤，婉转
如果我要让他活下去，如果他执意
一死再死，一再活成
我们每一个人
如果我的听力突然中断
如果我凝神

看见死去的人，死去的物种
都有相同的小命运
抛出的水袖，在山顶，在云端
迟迟不肯认领结局

我空有一颗山水之心
我空有一颗悲悯之心
我空有一颗诗人之心

写　字

每一次，风在水上写字
我都相信，我就是流水冲不走
群山压不垮的那个字

白鹭收集了一身的雨水，光芒中
母亲又一次把饭菜端上餐桌

——明日何其远，婆婆纳把戏台搬至天地之下
戏中人再回首，红颜换白发
哽咽处，蚂蚁越过粮食：

我的母亲在餐桌上写字
风在流水上写字

每一个字，用尽了毕生的力气

有时，我就是那阵风
有时，我就是那个字

喜马拉雅山

和我交谈的鹰，带着雪的光芒
俯冲向下，阿布说
我们是有福的，看见雪山上日出
是有福的
有一刻我确信喜马拉雅山上
住着神灵
就在我看见与未见之间
而和我交谈的鹰
继续
俯冲直下，向着比雪山更苍茫的人世——

一位尼泊尔男孩，他和我不同
他和我，我身上的
尘土不同啊——

清澈的眼神：住满了雪山、湖泊、太阳
以及我

……前所未有的宁静。

呼　唤

与空击掌，落下的我
逐一排列。柳树低垂的表情
仍是生死轮回，仍是
无言大于有声。暮晚时分，远山收回
远行的自己，一条小路直通
春天的顶点
我见过太多的花开花谢，无常世相
我见波浪
返回波浪，逐一排列，约等于我
领着所有的我，带着整个大海前行
手机上自动出现一行：
"我听见有个动人的声音
在呼唤我。"

白　鹭

白鹭前脚遗世，后脚独立
它和发光的池塘
同时成为暮晚的凝望。
白鹭知山风曲折，万物各自生长
池塘暗淡，是缘于我们的看见
白鹭不知的是：我从山谷深处返回
掌纹有枯枝奇崛，那么多的白
要从泥沙中出走，领回
它身上终年披挂的雪，以及它的深意

我说过些什么？
池塘，又发亮了一次。

以我之力

以我之力，根本不可能让落日留下来
但流水做到了，水杉树用枝丫做到了
柳絮和蒲公英在空中相撞，撕裂出更多的白
这些无处可去的白，流离失所的白
向死而生
向命讨命

——我不可能知道它们去了哪里
在比白
还白的空里

啄木鸟把昨天的疑问，往树的深处
又问了一遍：

——疑问，做到了。
——树木无言，也做到了。

非洲鼓

我的双手捂不住一只羚羊的欢跳
连同跟着它奔跑的小溪
我确信鼓面每拍打一下，就有一个
困苦的生灵，想要回到困苦的深渊之上
我确信鼓面静止，就有一只羚羊
躺在天真的山坡，山坡后面
是发光的向日葵
——我的确信如此逼真，以至于我真的相信了
鼓面就是天空，反过来也是

一个像我的人
穿着羚羊的身体，我的手和看不见的手——

因为迟疑：晚风正急剧地改变风向。

黑白之间

在黑和白之间，柳絮布下天地的迷魂阵
白鹭从沃尔科特的诗句飞出
抵达我时，星辰满天

——没有看见黑中的挣扎、哭泣和呐喊
不可能
没有看见杜鹃花翻山越岭，遇村口杏花
遇梨花
热血一点点消散，没有看见白纸上
一个汉字都不肯现身

——不可能。

我就活在这黑白的无常之间
我就在彩色的路上
一路丢失，冲撞，磨灭

……不服输。

雨中白鹭

白鹭在雨中，每一步都像走向自身
每一步都艰难，每一步
都像活着，走向活着
每一步都有迟疑的爱

大海在远处——
雨全部落下来
不可忽略的跃起
和瞬间的光芒

……哦，天地中。

白鹭一直在走，它要走向自身。
我不走，我停下

——我要等万物跟上来。

比零更小的……

到树中去。到棒喝中去
到黔南洲高速去
到二十七个人中去
到生者中去，死者中去
到防护服中去

——到比零更小的从前，和未来中去

到陌生人中去
亲人中去

到流水无穷拷问又回来的
黎明中去——

凌晨时分，流水经过窗前和梦中
月亮对我，和人们：

又记上了一笔。

归去来兮

燕子身上，有雨的重量。
看流水，送流水——

看远处云，一次次飘来
是棒形的
松涛一次次沿岩石攀爬
是人形的
那个把歌声送到山顶的人
也是把歌声，深咽喉咙深处的人

——我们日夜练习归去，归来
练习竹篮打水
有月亮的夜晚，水滴悬挂
竹篮静如峭壁：

顺便，我们把肉身，也挂了上去。

骑　手

笔筒，鼠标垫，挂钩，钥匙……
它们在寻找
我的手

我的手在异乡。

在异乡的我的手，在寻找
缰绳

缰绳在寻找我的马：枣色、义无反顾
在悲歌中前进
在已知结局里
寻找铁丝网、炮火……

寻找……一个真正的骑手。

琴声不绝

琴弦上有手的眷恋。不肯离开的流水。
掉头回转的山峰，和今日。
我日日听琴声不绝
几乎扶起危墙，和对善的信心
几乎从小巷，暴力中救出被摧毁的花朵

——几乎啊，就是田野上
叫不上名字的野花母亲，面对女儿的命运
束手无策
无用，且坚守活着本身

我和流水一样，恨一样
愤怒一样
沉默一样

琴声不绝：每一声，哀鸣胜过呜咽
每一声，似讨伐，似诛心

——权利。性别。黑与白。

人　称

把第三人称，换作第二人称
大雪纷飞
千山鸟不飞

把第二人称，换作第一人称
换作哈萨克斯坦的乳牛
在零下三十度
每走一步，都像一种问责
每走一步
身上的冰霜就碎成一张人脸

哦，作为看客我们是一样的
作为过客，我们也是一样的

失　去

暮晚，白鹭低垂的姿态
使流水放慢脚步，我注意到水中
囚禁的树影，像一段艰难的世事
流水冲不垮，冲不走
又难以恢复自由之身
我站在暮色的对面，白鹭的对面
站在我越来
越看不懂的世界对面
每一天，每一天
都在失去——
一个信仰的我，热血的我，希望的我
失去的时辰何其多

雨水挣脱树枝的手，铁丝网的手，铁链的手
雨水挣脱雨水的手
我在白纸上写下"失去"二字：

——雨依次走过火的肩膀，流水
再一次慢下来

见　我

寂静穿过树林来见我。倦鸟归巢
一日奔波之苦，要化作风中的落叶
有几片，空中人形的模样
不肯落下，落下了
又挣扎着起来，再次来到空中时
人形的模样

——要来见我。

我在寂静中分身，无数个我
对应不断加入的落叶，不断消逝的时辰
无数我站在苦的对面

我还不能穷尽这一生
不能描述这一生：我，要等你来见我。

汉字遇良人

坐进雨滴里写诗。
雨滴悬挂。

我是一行
雨是一行
枝丫是另一行

晚风穿过枝丫，穿过哑巴弄的历史
在一片芭蕉上拦下鸟鸣
（历史何其相似呵）
我的武汉。我大雪纷飞的石家庄。
我同谋的昨日。
我再也记不起，你也忆不起的昨日。

她说，汉字遇良人。
他说，茶叶在杯中的大海浮沉。

二月二，春风过境

林鸥伪装成枯枝，为了躲避天敌
一装就是一辈子
昨天看见的新闻，和今天的日落
究竟是什么关系——
西红柿在汤碗中浮沉，分身
仍不相信，此岸就是彼岸，仍然红
仍不忘呼喊
呼喊从哪里来？

窗前未曾有雨，我就在窗前等
窗外未曾夕光普照
我就在窗前等——

等的就是今日。
二月二，春风过境
婆婆纳在天地间搭好戏台，仍然千古绝唱
仍然生死有命

仍然唱词中：一半救赎。一半清算。

困　境

蝴蝶的困境是，如何停在
我手中
又飞走，泸沽湖白云
倒映，为了寻找山河袈裟
有人凸起喉结
借着山渊，在湖水中一步步
走向真理

真理是什么？

我要和你说的是
青草，青草肥美引来了更多羊群
羊头在案板上
呼唤同伴
蒸汽鱼回到生前
只需数秒，甚至来不及张口
和我回到餐桌的时间约等

我的困境是我依然相信真理
而真理

……它在。它从不曾现身

它小于泪水。

大雨中回神

从书本上一跃而起的字，挣脱困在白纸上
黑压压的印刷体
以及它所代表的生活

来到空中的这个字，凝望和审视的
这个字
步步逼近的这个字
一颗心还在屋顶，还在不断擦拭灰尘
还没有忘记仰望

哦，我也从大雨中回过神
并认出它的真身：

……是"爱"
繁体的，"愛"字。

问

假以时日，看山。望水。识云。
辨人心。
审自身。

——看我们的来处。

流水流了亿万年。鱼在化石中
最后的呼喊，栩栩如生

仿佛是，我们的生命可再来一次
仿佛是，我们的生命应再来一次

多少年了
山比山高
水比水深

如果还有一问
问——

竹林摇曳，摇曳出几颗心，几张脸？

暮晚课

多少次说到暮晚，我仍未来到暮晚的中心
不知群山困顿，流水残弱
布谷鸟从魏晋，鸣叫声从未改变——
仍是一声平，三声和四声拐弯
更不知庖丁解牛，以神遇而不以目视
牛骨和肉分离

——我们席地而坐（我们也是虚拟的）
星光璀璨
风是汉风，吹过我们所在
宇宙的中心

真安静，你知道你为什么困在这里。
真安静呵，我知道：

——你从不在这里。

和解，或者广陵散

我还不能和自己和解，我还会被
雨的光芒击中，光芒中
我还会站在众多的我中间，看见一个个我
互为仇敌，惺惺相惜

——我还不能和你和解，不能
更好地爱你

——我还不能和这个世界和解，雨中
《广陵散》又奏了一曲

琴破。曲亡。我还不能和流水和解
流水何其远
何其近
不能和解的是，它把逝去的又带回——

你和我，又活过了一载。

徒有悲哀

草木有疑问，时间有戎马。
树枝抽打流水，流水并没有
因此慢下来

混浊和清晰没有慢下来

悲哀在于：我们在混浊的一侧
清晰的一侧
手持火炬的人，光明照亮了
四周黑暗的脸
我们在纸上撼动山河，悲哀在于呵
光明在上
我们当中，没有一个上前
认领……

黑暗中的脸。

曲终人不散

山路深知曲意。有时是无路可走。
无路可走也是一条路。

许久不见的朋友，落叶一样来到梦中
我深知那盘旋，深知他们在空中
比无声更大的静默
和各自所对应的生活

我深知，即使在梦中，即使在空中
即使再度落下来

我们心照不宣，无尽循环的一首曲子
涉高山，走平原，入人世

每一次高音处，都有你
每一次低落处，都有星辰

一个，是无穷无尽的复数。
一个，也是无穷无尽的复数。

云过三省

和山平起平坐的是云，是被风
带高的问询，和鸟鸣

悬崖独立，松树用整个身姿
接住一滴雨
河流继续大开大合，在争斗中漩涡
显示迷人的平静
我以为我已来过，不会再来了
笔墨比我更知命理

——不示机锋，显败笔：

云过三省。再往西走，麦子和落日
一样金黄

再往前走，云上写字的人从不现身
再往前走，云过处
都想起。问候。每一个熟知的你

……就是我的一生。

但雨不是

雨伞是一种道德观。但雨不是。
雨落下来，我比昨天
离沉默更近了。

雨中……我抬起白鹭的脸
灰鹭的脸
喜鹊的脸
麻雀的脸

……我抬起众生的脸。
伞下，处处被修改的人生。但雨不是

雨不是——
它静默如石。它，一跃而起。

空　山

五官隐退时，我是一座空山。

月亮穿过月亮山

寻找人世中它的替身，我还没有

活到像一只蝴蝶

可以爱，可以恨，可以信任

随之是暮晚

和它对应的生活。是流水关闭引擎

唯一的钥匙——

月亮发动万物，无常。有常。

月亮在寂静时

穿过我的五官

到达你时静止了：像所有的苹果

在葡萄园的孤独①

我的孤独是什么？

空山在五官上显现，花香寻找旧住址：

---

① 引自诗人梅依然。

——我是苹果，葡萄。

——我不是苹果，葡萄。

第二辑

清　澈

一　日

花香里的骏马，冲过雨的栅栏
冲过它在人世的镜像

那迎风的白火焰，红火焰……
带动温柔升腾的绿意，不可逆转的意志

——来自生命本身，被忽略的部分：

问候我朴素的一日。

一张白纸在飞

白鹭要带着水中的自己
远离冬天，所以它飞翔

远远望去，整片水域都跟着它飞
接着是山脉，是山脉后面
黄昏的村庄

更远一点，是冬天，是尘世
远远望去：

一张白纸，领着茫茫的尘世在飞。

脸　谱

无数扇门，我坐在花香的门口。
我就在花香的门口，看出入的云朵，生死
看晃动的人心，人脸……

——我就在所有脸中
寻找我的脸

琴声中，颠沛流离的山色，一次又一次
把脸谱安在我脸上
有时虞姬，有时项王，有时布衣……
有时，我的脸上聚集了无数人
一样说不清来处
一样不知道
为什么死了还会再死，再生
再轮回

——多少次了。几千年了
没有一个是我。我就站在我的对面
我知道：

——这也不是我。

仙山湖

与孤雁齐飞的是苍鹭，是冬天
茫茫的芦苇，和雨后山雾
显露的处世哲学
驱车百里，乘船，乘风
最后乘鸟的翅膀，这些都不足以
让我到来

——我到来，有人在湖面端坐
推波抚琴，天籁之声
出入于青松与滚石
在天地之间，归于更大的无声
我认出他来自湖底的古村落，我更认出
几百只鸟
同时飞向湖心的红水杉：

都是一颗颗百感交集的心。

清澈……

读沃尔科特，读白鹭
读星辰
月亮，史诗，荒蛮，信仰和文明
是一样的

所有遭受的，我们还要领略
还要领略的
是你从不肯与自身相见

那些清澈。
和——

那些清澈的来处……

湖　边

在水上种花。
云上种心。

光亮的时辰已经到来：
小鹏鹏似离弦之箭，它根本不理会什么是冬天
根本不理会
发炎的天气，和心慌的人世
它已先于我一步，找到了雪山：

日出。和看日出的我。

马影湖

我无荡气回肠，我有
千回百转
琵鹭啊，豆雁啊，小天鹅和白鹭

你们湖边低头觅食的身影
都是我放牧的马

静止在黄昏：世界欲言又止的唇边。

大雪之夜

大雪之夜我寻找枯枝，必定是

枯叶尚存，仍在枯枝上

在寒冬的树上，也依然

在寒风中寻找出路。必定是

枯枝未断，即使断了

我用月光接骨

听见体内岁月的回声，所有的事物

都在远去

很多称谓，我已不再拥有

很多朋友

我想起他们年轻的样子

激情的样子

我仍然在他们中间：用枯树之枝

在雪地上

写一个大大的"人"字

过响水

响水不响。风车在风中守住孤独的内心。
和无边的麦田相比，我还绿得不够
生机得不够，我还孤独得不够沉默得
不够，一只喜鹊
带着白天和黑夜同时在飞，低飞的姿态
使坐在石头内部的人
调整坐姿
花果山上云层翻滚
雷电和冰雹
在人间往返——

我多次出入河流，和河流讨论生的章法
我也曾多次，和河流交换过身体
说到某个章节，和结局

响水不响，水在水壶中沸腾
蝴蝶压低双翅：群山，递来我们熟悉的回声。

雨　夜

青竹相望不相闻，长的修身
短的修心——
杯中亦如雨中，茶叶在沸水戏台
把生生世世的戏，都演了一遍：
扮君王，扮臣子
扮善人，扮恶人，唯独没有扮自己。
布谷从戏中回到树上
声音里，仍是生死两难
仍是一波三折

我几乎用尽了整整一个晚上
从杯中醒来
玻璃松开前额：

——屋檐上的雨滴几近透明。

大雾起

背水一战。流水带走了
昨夜的一个邻居。他拒绝成为众生
哭嚎的一个

烛火在大雾时升起。走动的人世。
诵经声。
喜鹊脸。乌鸦脸。
后知后觉的枝条。枝条弹回的
内心

什么是生，什么
又是死
大雾在哀乐升起时，向西移动一米

墨水湖

研墨的人，最终变成了洗墨的人。

只有湖水是悲悯的

它接受了他荒凉的手指，风里的命运

只有落日仁慈，只有他不肯起身的背影

使飞鸟盘旋

湖水中，铺好最后一幅水墨：山林，木屋，石阶……

看不见的狮子，星辰述说它的忧郁

这些都不用画，不用画

待我调好琴弦，把月亮泼下的清辉

全部还给天上

待我收复高山流水，在猛禽的眼中

点上孤傲，不屈

他迟迟不肯起身

湖水变成镜子

里面，马蹄飞扬，牡丹开了芍药开

那是我和他的故国。

鄱阳湖

赤麻鸭带着落霞飞上天际，鹭鸟带着经验
又飞回
运沙船的沙子，无一例外
看见了湖面上金光闪闪的宫殿
我为湖水的善意而激动，我为我从望远镜里
看见山脉温存
夕阳慈悲
我为它们同时
置身于一种温暖的情境中而激动——

激动的还有风
它从更远的地方来，从我们从未在场的
岁月里来

湖水涌动，犹如我思
借着暮色：

我洗心，洗墨，洗岁月。

抚仙湖

弹琴的人调好暮晚最后
一根琴弦，金色，闪烁，孤绝
含着我对人世的理解
我不会弹琴
甚至，不会倾听
——我又会什么呢，突然的静默是

湖面之上，山脉，飞鸟，苍穹
湖面之上，光，树影，云彩……

——琴声替换了琴声。波浪似音符
纷涌而至：
一边来，一边隐藏我所熟悉的艰辛

黄　昏

——兼致周玲、李冬风、徐永华诸友

贝壳如雪。千眼桥有一千只眼

看大雁飞成"人"，飞成

入世的"入"字

要更大的风才能配上

这数也数不清的寂寥，配上这寂寥后面

深深的执守

要更小的声音，更小的声音

如同没有，如同无

才配得上

这孤独，这世上，辽阔的孤独

要脚步轻轻

仿佛我从未来过

仿佛我

从未在场：大雁飞成"人"，飞成"入"

最后飞成"一"

我从黄昏的光线中，接过馈赠

接过原谅

世事温存。陡峭。

要飞——

就飞成"人"字吧，就从贝壳中取出雪
和雪的深意
——要飞，就像真正的飞翔一样

我和你，你们一样
带着黄昏，闪闪发光的事物：又走了一段。

发明一条河流

发明一条河流，引至杯中
杯中倒映的山河，路途，天涯

请原谅山石滚落，无名无姓
有磨灭之身
请原谅河流时缓，时急
情急之下，杯子颤动，杯子颤动时
琴声急，雨声更急
雨水模糊了人生

我说了太多的话。
我突然……
无话可说。

河流应轻装上阵。我应重新组装一颗
用旧的心脏，更应
看山是山，河流是河流
看杯中有大天地：

——绿茶如舟，轻轻
就过了万重山。

颂　钵

去问：破窗而入的叶子。云的表情。
去问：分寸之上，火焰激烈，携带海水
行走的人们。

去问，问：
——问那问本身。问：上山的路
和下山的路

是不是同一条。

我歌唱时，万籁俱寂，钵体之上
半弧形的宇宙：

雪在雪山，在喜马拉雅，寂静在寂静中
在尼泊尔
在你尚未开启的双唇

——词的旅程。

只有一个我在我之上

众我纷呈时，竹林摇曳。
从绿到更绿，草木用了无数次轮回
以我之见
绿到盈盈，到无可说，整个宇宙
在绿中，像你和我一样
寻求答案

——落下的是我，都是我。

只有一个我在我之上：
原谅世间所有的我，原谅世事
原谅自身可为，不可为
大江东去，斗转星移
都可一笑

借助雨，和芭蕉明媚
——肖邦又来，音符上，站着每一个我

每一个我都不悔，都是雨
在天地中
奔赴光明的一滴

来时，肖邦《激流练习曲》

去时，也是。

歉疚

把云当作故里，悬崖视为重生
苍穹之下，一棵松树
松果每落一次
就有一种歉疚涌上心头
仿佛每一次，没有死得其所，仿佛
重生，又是悲剧重来

仿佛每一次的每一次
把希望再来一次
绝望再来一次

仿佛，松树秉承天意
自然生长
我们从松果中取食松仁：

新的歉疚，替代了旧的歉疚。

为　敌

流水不争先，争先的是船只
波涛直奔天庭，要为一生的苦
讨个说法

我又如何描述它们？

这一生，我和流水为敌
和船只为敌
和波浪为敌
和天庭为敌

我和自己为敌。

这一生，忽明忽暗，若隐若现
我来过
又做了什么
明月在上：

我誓于自身为敌。

立冬日

一只冒死都要回来的大雁

是你怎么都不可能

理解的大雁

望远镜里，大雁南飞，风送一程

水送一程

三石山也送一程

你根本不知道

为什么一只大雁不飞了

不再向前了

你不知道为什么等着它回来，犹如

你不知道河水流远了

机帆船仍在咆哮

你根本不可能知道，你等着它回来

又祝愿

它飞得越远越好

而秋天

秋天是知道的，秋天把整个黄昏

和冬天：

轻轻，放在了你身后。

黄昏，或者眼睛

再力花，水烛，构树，鼠尾红
所构成的黄昏
是风车草也无法
描述的黄昏，我凭空长成了一双
迎风流泪的眼睛
凭空把每一片树叶
都认作眼睛
那么多眼睛，在世事中穿行
不会流泪的眼睛
河水依旧不知所踪，湖水仍然静守内心
大鱼挣脱鱼网又从空中
回到鱼网，我凭空落在
水杉树下，为的是
把来路再走一遍
那么多水杉落叶
红得苦楚，红得苦楚也不知
为什么
像一双双再也不愿睁开的
眼睛，我凭空
就落在了黄昏，一双迎风流泪的眼睛：

接受了黄昏

困顿。抚慰。和勇气……

枯山水

石头带着水的一生来到庭院。更细小的
白石子，模拟了浪花，波纹
甚至旋涡深处，最无言的部分……

我不是被突然的寂静击中，我是
在枯枝上看见了落雪
我是和石头换了位置，看着我

带着浪花和雪，一种动
和一种无声
一种你和我从不知晓，遵从的意志

再一次返回暮色。

高姥山，和一株杜鹃相认

高山之上，拨开云层和一株杜鹃相认
就是和这满山的红相认，就是
和时光的血性相认，就是和整个春天相认
——什么是悲欣交集，什么又是
无端泪涌
草木皆知我心，雨后
它们以清新之躯度我，以天空之镜示我
它们把我领到红的面前，重新学习
从滚动的露珠上热爱人世，热爱
生的古老技艺
此时善意显现：山路弯曲，石头露出玄机。

花溪遇蝴蝶先生

溪水清洗人心，蝴蝶翅膀上群山分配辽远。
在花溪，遇蝴蝶先生
以天地为课堂，山河为课本，以石头为
三尺讲台
溪水中有戒尺，有教诲
先生说，要学会聆听：听心，听善，听美
我听先生之言
卸下负重之躯，溪水带着溪水远去——

我不急：山花开放，明月照丘壑
我且慢：山路崎岖，灵魂和溪流正在拐弯。

圆明园

芦苇失去思考的能力，风
又把它托起
圆明园的石碑，飞鸟飞过
碑痕更深

我从树影、残墙深处
接过钥匙，我从光的手中
接过钥匙

推开寂静之门。

等……

河流断了几截，被雨水缝合
蚯蚓也断了几截
泥土里滚了滚，又各自前行

我要接受这些……

暮晚，白头翁带着头上的雪
飞出一段

我的灵魂也跟出一段
（这不是心底的力量）
心底的力量是：

我等我前来。我等着我来清算
来问责。来鼓舞……

等星宿花
从泥泞中走出

山河依旧。雨水闪烁如星辰。

婆婆纳

万物俱寂时，仍有细小的哭泣声
柳枝绿
绿到无邪，绿到有更细小的声音
不可分辨的声音
来自通泉草，它通向坟头
也通向心灵，二者之间
是婆婆纳

——天地间最大的戏台
最小的戏台

第一人称和第二人称，以及它们的复数
不思量
在春天的化妆间
一个抬头，一个描眉
春雷之中，历史相似，历史隐去

更寂静的时辰，是婆婆纳又一次重来
戏台上，你唱，我唱

——大江东去
浪花喧哗，压过细小的哭泣声。

确　信

孤松和岩石，都在清风中
给我确信，有血有肉的是山峰
峰回路转
起伏不定
降落在谷底的白云
遇见上山的缆车，缆车依次经过
翠竹，水库，橘林，坟堆……
一下一上
正好是可见的人间，正好是
万物自然生长，领受
自身命运，正好
清风徐来，孤松岩石，幻化作一张张脸
一张张走失的脸

只有一张脸
给我确信：孤松青翠，空茫，岩石沉默
更大的爱
来自山谷深处
鸟鸣，它带着云朵飞——

日夜召唤
我用肉身来赎罪。

鹧鸪叫着

如果我说，我看见了神灵
你肯定不信，如果我说
看见神灵
我流下眼泪，你相信了
——你相信无端泪涌，和毫无防备
你相信所有感知，但从
不被叙述，和命名的事物

我又为什么和你说起这些？

从喜马拉雅山回来，我由北方
转至江南

——流水从未倦怠，流水
千军万马

我从拱桥上走过
我要求自己具备这样的听力：

鹧鸪叫着——

海水走动的声音
雪崩的声音
种子钻出地表的声音

你知道我说的是，鹧鸪叫着
死去的海水，复活的灯塔
雪又落下来一层——

种子钻出地表时，我也在等
我要求自己
具备这样的听力：鹧鸪叫着，雪又一次
覆盖喜马拉雅山——

是的：我将听见自己
在书页中

又一次醒来。

第三辑

雨弹奏树叶

爱

黄昏我以鹤身守着一湖静水。
汉字纷飞。

一生，和很多词永别了
比如父亲，比如姥爷、姥姥……

寂静的时辰，松涛穿过松林
松果滚动，它仍然跃过明月照耀的沟壑
跃过
我不断做减法的人生

——我一身洁白，松果再次跃起
汉字纷飞如雪
所有的汉字都变成一个字，都变成在空中
闪烁，闪耀的"爱"字

——它来自天上的亲人和星辰。

呵　斥

对湖水呵斥，是因为它太像湖水了
悲伤时没有异议
愤怒时没有异议
沉默时没有异议

我的母亲是一面年迈的湖水
我和她枯坐在窗前
我怀念
筷子掉落在地上，我捡起
新的呵斥又重新到来

黄昏越来越近
作为另一面湖水，呵斥声与我半生相伴

和我的母亲不同，她急于遗忘
我一直在等待

就像这首诗，开头一样。

异乡人

我不会说上饶话
不会说嘉兴话
不会说杭州话
不会说武汉话
不会说北京话

这些地名，都是我生活过的地方……

父亲，我在上饶
在你的坟前
我把《我说嗯》给你看
把《余音》给你看

火苗在朗读，我不知道
你是否听得懂

因为你从不在，这些年
我四处辗转
把石头看成月亮，把月亮看成
最深情的石头

你一直在。

我什么话都不会说，什么
也不想说

麦田青，火苗红
中间的沉默

是我……要和你说的，心里话。

雨弹奏树叶

雨弹奏树叶，会发出一种光
我有多年没有见过这种光
微弱，执着
仿佛是父亲，从颤动的树叶走出
他已不再像从前一样
担心我
一如我不再问
父亲，在另一个世界是否安好

雨继续弹奏树叶
发出一种

……我和父亲，才懂的光芒。

暮　晚

南瓜藤弯成问号，向苍穹
一问再问
关于洪水的消息
洪水从上游过来
带着母亲才懂的泥沙，带着母亲
不忍直视的岁月
熟悉的家畜，木板，房屋，草木……
一直来到我们的谈话中间
雨一直在的中间

鄱阳湖水位上涨，一起上涨的
还有我的中年：

燕子在电线上，整理湿透的燕尾服
厨房深处
我的母亲，不再说什么
换了一张笑脸出来

端出一道热气腾腾的菜。

即 景

出入五官的风，跟着更远的风
去了地平线
住在我眼睛里的祖父，鼻梁上的祖母哦
这是草原，这是贝尔湖，这是内蒙古

这是一只蝴蝶
使青草低垂：

露珠悬挂苍穹，亲人俯身人间。

山　前

"山不过来，我就过去"
说话的人已站在山前。

布谷的叫声悠远。在整个山谷回荡。
槭树，樟树，桦树，榉树……
倾听中的虔诚，和无法自控

我知道落叶为什么纷飞，为什么
落下了，还要在风里飞奔
抱头痛哭的一瞬
我轻易就认出了，他们是我的亲人，朋友

最后才是我：山前，所有的我汇聚——

寂静是不知道怎么开口
寂静，是我想起你

……仍然，不知道怎么开口。

一部分

蚂蚁越过刀锋，为了砧板上
遗落的肉屑
有时我确实遗忘了一只蚂蚁的力量
一群蚂蚁的力量
天在下雨
刀背闪着光
它们在我的诗歌里，各自为阵
有各自的使命
它们在相遇的一刻
充满敌意，又相互原谅
成为我能感受
却永远说不清楚，日常的一部分

雨落下来
这让我安心，放心

确实是，蚂蚁越过刀锋
刀锋擦亮了雨水

我和雨水，紧张，对峙，凝望：
是中年的一部分。

白和绿……

柳絮和棉花使用的是同一种白

狐尾藻和泽膝

每天练习的是同一种绿

四月，坟头青青

怀念不够用，悲伤不够用

我的幻觉是春风

跟着唢呐

柳絮漫天飞舞，仿佛天地皆是住所

棉花温暖

再温暖一些，温暖些

我就可能

看见来处和去处

……绿如恩泽

仿佛，怀念不够用悲伤不够用

希望不够用

我要再一次生长在人间。

大雁在天上写什么字

水漫三石，船动四季
一梦醒来：大雁在天上写什么字？

芦苇是哲者，望远镜这端
我小了又小，小到果盘憧憬的午后
水果滚动后
静止的樱桃

小到只剩下茫然的红，不知所措的红
大雁在天上写什么字？

大雁在天上写字，怎么写
都是命
我们红，想了很久以后
再红——

……也是命。

木 头

飘零的木头，自水而来
被新鲜的手抚摸的木头，顺水而去
我就在想，经过你那里时
它一身湿漉漉，从水中站起来，乌黑的脸上
有来不及清理的淤泥
我就在想，人群中它还是一眼认出你
还是来不及
抹去脸上的淤泥，还是乌黑脸上
有湿漉漉的光
还是和你短暂拥抱，不说世事，更不说艰难
它就像我们中的任何一个——

当它再次回来，再次从我的手中离开
比我更静的是风，是时光

……槐花静。泡桐落满山径。

梅花的模样

梅花开到后面，开成了冰凌
还是开成了冷的模样，瑟瑟发抖的模样
梅花一串一串，一树一树
改名换姓，匍匐在地，还是开成了
泥泞的模样
挣扎的模样
亲人的模样
人心的模样

梅花还在开，惊恐的模样，无望的模样
使茶叶纵身跳入沸水：

——天空中的雨，又一次遇到雪。

答　案

一而再，再而三在我身边环绕的
蜜蜂，蝴蝶
用它们的肉身告诉我，北方大雪
南方艳阳
只要有翅膀，只要在飞
花香就是终生的事业，倘若我知
今天和我说话的，不是昨天的蜜蜂也不是
昨天的蝴蝶

——它们为什么和我说同样的话？

今晨冷水浴，我的身体住着悬崖，寒山
和明灯

溪流披挂处，正是人间处处：我冷。
冷中，我选择清冽——

我不悔。

山 中

清泉无疑问，
溪流有随从。

分别是：鸟鸣，阳光，落叶……

我是有大随从啊
今日我所知
便是我所悟

天，地
还有我自己。

区别是……

棉花糖有发言权，它化作云朵
四处游历。

我从云朵中，看见甜的来历
空的来历

有时并不。比如寺庙空空，泉水
用清甜的嗓音，说师父

步行千里
去九华山取水去了

我在山中。山中寂静。

泉水叮咚
寺庙空空

一只透顶单脉色螅，带着它的翅膀
突然：飞了起来。

4月4日，一封信

五官上先人的遗址。风推着枝条上
雨珠的门。焕然一新的亲人。
从地底归来
晶莹的亲人。
要和人间相认的亲人。

春花落。春水涨。柳絮飞。
又是一年
4月4日。

我的五官拥挤。我的心事拥挤。
春天了，野花亦拥挤。

我有溪水纵横。明月有千丘万壑
不说。不与人说。

我们排着队：落花流水鳜鱼肥。
我们找旧住址：绿邮筒，一封永远

发不出的信

信上写：一切都好。勿念。
泡桐花在昨夜深深开放

我有人间眷恋

亲人们啊，你们也在那边写，写——
同。皆同。

只有流水

柳枝在空气中抽打自身，仿佛自身
有不可饶恕的罪孽
雀鸟沿着乌桕树的树干，一路欢快
果实旁挨着
天然的喜悦
不可否认，它们都是我秋天的形态
接下去是冬天
昆虫们已经学会无声无迹地消亡
像很多事物一样
像很多人类一样
我不可能知道，蒲苇草和蓝花草
一个往天空运送棉被
一个在风中赠送紫色丝绸
是为了什么，我更不可能知道
老樟树下
一把椅子，清晨坐到天黑
不说话，越来越
不想说话的老人们
来年还能见到几个，甚至我不确定
我们，还能见到我们吗
那些谈笑风生的我们，那些

仰望星空的我们……

只有流水，穿过我所知道
和不知道的
时空，轮回：

从不眷顾，也从不回头

飞是自己要飞

悲之中，不知悲从何来。
流水奋起，不为知音
为的是，粉碎后，和天地见证
认领，摧毁，再重生

——是我仍爱着世间。要和自己清算
是《广陵散》，当再弹奏一遍

江湖深远。水是一个点。水之外
是无限……

我的母亲在车内，她并不理会这些
她今日之脸庞
发光，耀眼
越过她在世间领受的重重苦难
她耐心地
理风筝的线，直接越过《广陵散》
越过琴曲两亡
越过更空茫的
我和她之间的两代人

——飞是自己要飞。她又一次理了理
风筝的线

并不抬头。用 1995 年的口吻和我说。

对一滴雨滴的凝视

对一滴雨滴的凝视，是我知道
没有一滴雨
它的形成无缘无故，它还会无穷无尽地发生，轮回
它，还会在我们看见它的时候，认出自己
它仍然多数时不可说，不与人知
不可认领——

和我不同的是枝条。它睁开雨的眼睛，布谷的叫声
一声更甚一声
昨日雨水，离惊蛰尚远，离雷声轰顶尚远
布谷的叫声
推开远山之门
它，它们，也同时让我看见

——春天到了，春风不远

雨终于落了，撞击礁石的波浪撤回了身形
它，它们，也同时让我看见

雨落了，是一种问罪。

诗人，或风中俯仰大笑的高粱①

他朝字典深鞠一躬，牵着汉字
像牵着他的河流

前面，是热气腾腾的庄稼
前面，是灯火摇曳的人世
前面，是浩翰寂静的星宇

有人在青白江打水
有人西江河打水
有人在乌托邦里打水
有人在隐喻里打水

一只竹篮
牵着他，一株风中俯仰大笑的高粱

他骑摩托车，骑出一排排自己
一只竹篮牵着他

他，牵着他的灵魂。

————————

① 引自诗人哑石。

100 |

孤

芦苇在风中行舟
摇动的桨
正好使空中让出一条道路

——我正好在那空中。

师傅说，滴水莲状如莲花
雨来储雨，风来驻风
满而溢出
东边西边

我们绕着千年银杏转动
空中的我也在转动

空是指：我和我狭路相逢
落叶纷飞，每一个我都不服
都孤——

孤山的孤。孤到天上的孤。①

_____

　　①　引自诗人杨方。

安福寺

红枫树把沉默递给
更高的树枝
更高的树枝落下夕光的沉默
菩萨在殿堂看着众生

它的叫声没有惊动菩萨
没有惊动游客
和他们手中的相机

他们朝它拍照，它吼叫
声音里有山石滚动
瀑布飞溅

远远惊动到我：
一只流浪狗，它吼叫

仿佛，要把它失去的一只前脚叫回来
仿佛，要把我们遗失的东西叫回来

九华山

方圆百里，莲动。蜻蜓立。
莲动，莲苦。

碧绿在手心滚动。
蜻蜓立。蜻蜓飞。

我看那群山蜿蜒。
我看那云舒云卷。
我看那老妇人，哭得惊天动地
在地藏菩萨前

——山河微卷，书页亦卷

雪落，雪深。都是人间事。

静安寺

山来到水中，向一只水蜘蛛
打听静安寺，有好几次，我和我狭路相逢
也打听静安寺

落叶从昨天夜里启程，要去静安寺
雪在去年的山顶
飘向今夕的尘世
打听静安寺

——蜻蜓要去静安寺，风在风中
也打听静安寺

我尚不能脱下蝴蝶的色身
我尚有人间迟疑
我尚放不下你，和你

——勿问。勿打听。

今夕是何年。
蝉声高过我们的询问

询问是

眼睛。心灵。和飘雪的静安寺。

第四辑

出　路

嵇康打铁

嵇康打铁，流水绕竹

风箱更换了朝代
跟着流水回家的人们，换身份，口音，省份
领到了门牌

——天地间，《广陵散》。

雨落人间。船渡众生。
从前，向秀在边上
嵇康打铁——

现在轮到我了。火花四溅：

明月照丘壑。照沟渠。
我纤细。
青竹修长。

铁的声音，流水的声音，人世的声音：

——最后……才是我的声音。

出　路

拦下海水，在礁石的驾驶舱
发动星辰的引擎

波浪途经的地名，人名
兵分二路的昨日，明日

我记得飞蛾扑火，是一种活法
落日浑圆，是一种罪过
我记得你中有我，我中有你
万物同一
都在寻找出路

出路在哪？

有人偏向虎山行，在虎声中
确立自身
有人反弹琵琶，被琵琶的浪花追捕

黑夜无声。无声是一种表达。

波澜······

波澜是春风过境，水中的竖琴
无曲可弹
海象在饥饿中选择坠崖
北极熊在唯一漂浮的冰上
紧搂它的孩子
无家可归的是海豹、企鹅、海鸟们
以及人类的内心
波澜是
没有波澜，是波澜循着波纹
寻找它的主人——
我已经不知道该说什么，说什么
都是罪过：

流水善记忆
我们擅长遗忘。

塑料生活

海的泪水是不给人看的，波浪
依旧在光中寻找出路
醉心的歌声
不是毁灭，就是重生

我要提及的海豚、海鲸
把整个海携在身上

我看见它们的眼神：
被塑料捆绑、填充胃部

我看见它们，欲死不能
把整个海
带在身上

它们，是母亲。
它们是母亲

……一声不吭。

水在茶壶里

水在茶壶里提醒我
要温情，温暖，要对世界
有温度
我在它越来越低的声音里，感受到
世事无常，世态炎凉
在更低的声音里，我听见它说：
我们就是世事
就是世态
整整一个晚上，雪在窗外下着
它在我的喉咙里辗转
一样力不从心，一样说不清
是什么
究竟，我们丢失的是什么。

瓢虫和大海

月见草和假酸浆，同时请我
为一只瓢虫让路
我理解它们的善良，意思是
背负星辰的事物不多
心有星辰的事物更少
烈日下，我们同时看见一只
橘色七星瓢虫
攀草叶，过荆棘
飞不动的时候在走，走不动的时候
还在走

它越来越接近黄昏悲壮的色彩——

每一颗星辰都义无反顾啊
它们来不及回头

转动我们眼中：橘色，忧郁的大海。

霜　降

霜降之后，蜜蜂和蝴蝶不见踪影。
只有草，在践踏中
活了下来。像我，和我的朋友们
在各自的生活中
话越来越少——
我们经历过什么?
我们还要去哪?

我们终于来到了，我们不愿承认的反面
我们终于在镜头下
露出塑料花，灿烂永恒的微笑
我们终于忍受了我们的生活

河流遇礁石，粉身碎骨
草在霜降后，又一次活了过来

我已失去太多，我还将继续失去
和我不同的
是草，霜降之后，又活过来
醒过来

——每一棵都在写：我不认命。

一个隐喻

睡在墙上的人，和雪白的墙一起
睡在大海上

一滴水独善其身。一群水接受星辰教诲
成为波浪

然后，我和你同时看见：

星河浩瀚。
古今往来。
睡在墙上的人，和雪白的墙一起

在大海上。波浪簇拥，波浪奋起
一个睡在大海上的人
全身发光，发亮

像我们愿望的一样，一个隐喻。

观　海

为晨起的风，送上诵读
波浪仍将再次远行
鹭鸟不关心的自由，是我关心的
沼泽不关心的下陷，也是
我关心的
多少次我站在原地，看大海
翻滚、咆哮
多少次我看大海翻滚、咆哮
就像是第一次……

还没有一种苦难，是你
给予我的

那些海水，风，鹭鸟，沼泽
平静……

还有什么事物，不平静到底？

如此我问

在我手心停留的豆娘，温婉、古典。
下一秒
直接参与了对蚊虫的杀戮
一只蚂蚁为了一粒米，掀翻它的亲兄弟
七星瓢虫，在放大若干倍的镜头里
是宣判者
它正在对一只没有蒙面的女性蚜虫喊话——

针尖。铁丝网。松针……
辽阔的雨。沉默。

我在哪里？我们在哪。

巴米扬大佛，重新回到光的中心
它，回答了所有。

止于……

草木上伏兵四起，蝉的叫声中
有一个阿富汗

惊雷止于烽烟，止于惊恐
只有一只眼睛的阿富汗女人，丢失的眼睛
注视铁丝网上，悬挂的婴儿

来自高举的手，绝望的手
不知命运是何物的手
来自女性。母亲。

——母亲止于母亲。

星球转动，大河无声。
我也是母亲。我也是保护母亲
全人类的孩子

止于仰望。低头。
止于星辰和针孔：

源源不断为人间输送的镇静剂。

清　算

假以时日，要对自己做一个清算
要在怒河，怒从骨中来
从祖宗的训诫中来
要在高山，从云间承接天意，天命
要承认
万物的一生，是白天和黑夜
同时生长的一生
流水适时拐弯，在山后
划出人生的半径，各有不同
各有遗憾
而明月一直照看良知
水的命运，是一路奔向大海，一路
满载泥沙，卸下泥沙
更要承认，海的湛蓝，从古到今
是那么多个我
那么多个你

是那么多个我，和你……
沉默，冷漠，抗拒，奋力
是等待自己前来

逐一清算：

明月又一次翻过大山。

疑　问

金沙江在血管里
弯来复去，白云从山峦一直飞
要把人间的疑问
都带上天庭

我心里住着一个罪犯、一个法官
我认出我就是
沉默的证人，就是
罪犯，法官，我认出我

就是白鹡鸰
说的寒冷

——是的。我认出光芒
它代替我

……释放了今夜的星辰。

草木今安在

天地间一架钢琴。

公元 2022 年 6 月 5 日 13 点 26 分的雨

从雨中练习雨，熟悉雨

所有的雨，不问来处

不问归途

所有雨，像雨一样，接受雨的命运

问雕栏、故国和故人

描青竹

从绿到更绿，草木今安在？

我在意那滴雨，从到来，和消逝

都在我眼中：

芭蕉在雨中更似芭蕉

更低更小的虫鸣，忽略更低更小的命运

隐没在

……更低更小的虫鸣之中。

时　辰

波浪卧薪尝胆，再次跃起
跌落的时辰，也是鸟从
绣花布上飞走的时辰
是山坡
年轻的背脊，向日葵照亮笑容的时辰
是无数浪花翻涌，礁石
沉默不语的时辰
是蝴蝶结和高跟鞋
光和影，提示我们的正面和反面的时辰
更是月亮出现在我们
从来都在，又一直缺席的时辰

你在哪里
你又是不死的——

你是不死的：波浪安然入睡
波浪又一次冲上悬崖。

接受和不接受

落日和晨光，一个降落在山峰
一个，披挂在山脚
我接受这样的恩赐，犹如我接受
秋风中，落叶如蝶，有知事之心
更有飞翔之力
左右翅膀，冷暖各所持，各所依
一小团移动的火，永不肯
在时光面前熄灭
我不接受的是：白露刚至，遇冷空气一退
再退的原野
秋风不乱，江水凌乱

瀑布挂白旗——

有人思量，交出晨光
有人忐忑，趁暮色，献上了落日。

岜沙人

岜沙人出生，种一棵树
死时，伐下这棵树

离开人世的岜沙人，走进树下
成为树的一部分

他们和山神一起
看见越来越多的岜沙人
走到山下
再也不回来

我从山下来。无事可做
无处可去
就坐在树下，听叶子一遍遍述说

一遍遍地说啊：

岜沙的男人上山打猎，下河捕鱼
女人织布，纺线
绣花——

岜沙遇雨

上山途中遇雨
不大，不多

正好淋湿半生，知
我心，有灰尘
正好看见背着松柴下山的岜沙孩童

他很久没有
山下父亲的消息，外省父亲的消息

雨还在下
正好淋湿他明亮的眼神，以及问询

——雨中，他背着松柴下山
——雨中，我把他，和他的松柴背上山

方岩山寄胡公

晨钟暮鼓，清风带着石阶向上。
我有耳背，如今我不。
我有眼疾，现在我不。
我看油点草向秋天深处点灯，岩石
把丹霞披在身上

远望，是山河袈裟
近看，是故人归来

我在晚樱树下，是溪水的旁听生
是蜜蜂的邻居

在天下粮仓，胡公你看——

蚂蚁比我更懂得
知恩，知遇
它们听书，听教诲，它们借着古树
把方言运送到云朵之上
你在，和不在

都在这里：草木寂静，星光守着清凉之乡。

壬寅年仲夏，在欢潭村

渴了，当饮潭水而欢
累了，问水：应四时澄澈

——我们都有一颗动荡的心。

西瓜在田地守护清凉。村口
古树缄默，风吹世事，吹着一路
颠簸的云
无非是，定风波，寻出路……

无非是，暮色越过群山
马匹，从我看得见的天边归来：

暮色晚。一曲终，一曲又起
凉风习习，一个字面不改色：

多少年了，都像我们初握笔时
不安，颤抖

——我们写"义"字，白墙黑瓦，写
生长，和磨灭的时光

——马蹄急，急了又急

我们亦岳飞，亦汉字归来
繁星满天

我们写。写"义"字。繁体的"義"字。

鳄鱼听经

山河辽阔，松涛阵阵。
岩石入世，出世
通体豁亮——

比它更豁亮的是鳄鱼
已化作树身的一部分
天地的一部分

钟声沿着台阶向上，向上是菩提树
是相国寺
是凶险知自身的错，山脉起伏
一上一下
对应的人间

——是善教化了恶。

云游的鳄鱼归来
溪水潺潺：

——我不清澈。我洗手。
——我耳朵失聪。我听经。

无字歌

风车转动内心，暮色沿着天际
倾泻而下
云层变幻，有争斗相，有破碎
挣扎，和解

——有爱……

那么多落日，都是同一个落日。

如果，我从不知怎么告诉你
山脉连着山脉
生命连着生命
如果我从不曾描述，在江南，在西部

——你站在窗前，像安慰。

如果荒凉连着荒凉，风车孤独
转动内心
月亮此时不来，来也是多余：
我应该怎么告诉你呢？

——我无字也无歌。

山脉如马匹，永恒的回响
是寂静
从这里，到那里：

——它，要向我的空白致敬。

责　备

晴天之上，云朵运送雨滴
十三省，孤独、干渴的麦田
你为什么要责备云朵呢

深河之中，每一滴水破碎
破碎到无法
认领，每一滴完整的破碎
你在其中，你为什么要责备深河呢

地上奔跑的生灵
我们赞美，朝它开枪，我们保护
我们在地球上
看见，地球上奔命的生灵
我们哭泣

我们为什么哭泣？

——云朵继续运送雨滴，晴天之上：

雷霆、冰雹、暴雨
或者雪……

是这样，一定是这样的：

我有隐忍、不安……
我有责备。

第五辑

长　歌

在南山

——致张枣

1

雨落下来，我沿着雨声找你。

镜中，梅花开，梅花一路开一路撤退

昨天的额头上有今天的手

发烧的世界——

我仍是要奔进镜中，我仍是要

用流水，挽留鹤的飞翔

书桌上坍塌的书籍，樱桃之远

我仍是要飞进镜中，像飞鸟飞进岩石

我仍然要义无反顾，并把这四个字

写到天上

我仍然要等，等一意孤行的月亮

等它，反弹乌云，和乌云相撞，粉身碎骨

以身取义

2

雨如忏悔。雨如一个永远
不在场的词——

木鱼声缭绕

3

你在和不在，有什么关系。
梅花开不开，有什么关系。
南山，叫不叫南山
有什么关系。

4

我在镜中的时辰，是小雨奔赴
大雨的时辰
我有光亮的翅膀，是雨水收集者
那么多的雨水，从我的翅膀
落下来
整整一夜，整整一夜，我听
我在听

雨水从翅膀落下来的声音……

5

倔强的屋檐。南瓜藤上
降落的南瓜
端坐的南瓜
修行于天地间，仿佛智者归来，众生聆听
我不羡慕
我羡慕你，我羡慕你咳嗽、病痛
无人忧，仙鹤忧，诗句更忧心
更焦灼，诗句
和诗句商议，要来看你
我羡慕流水忆故人
仙鹤在对面的圆圈等你
我羡慕万物，在等，都在等一封《春秋来信》

6

我不等你。不等南山。
而我飞进镜中的时辰，是小雨奔赴
大雨的时辰

我等。我要等，等飞鸟飞进岩石
——我破除我，并勇于
从它眼神中，救出五花大绑的清泉。

酒　魂

1

这是李白的酒，陶渊明的酒

是苏东坡的酒，竹林七贤的酒

八大山人的酒

是屈原的酒

是月亮不问人间悲欢，金樽空着，一直空着

但一定会等来，与空对应的

比空更空的圆满——

是酒如瀑布直下

朋友们的笑声，弯曲，笔直

是坐下来，对影成三人的酒

是大漠孤烟，长河落日

不问英雄出身何处的酒

是天涯比邻

芳草在自身的生命中，比昨天，向明天又掘进了一寸的酒！

2

是汉语的酒。孤独的酒。是月亮拍着月亮的

手背，说一切尽知，皆懂——

3

是不知，不懂——

是惺惺相惜，隔着酒桌茫茫

想起江湖夜雨十年灯

十年，二十年，一百年，一千年

——是激荡的酒。

沉默的酒

是沉默中，海浪越过酒樽的边界

呼之欲出，自由的酒！

4

是的，是山河万里

是山河万里故国犹在，春江花月夜

阿炳在琴声中

睁开光明的眼睛，看见博尔赫斯在雨中散步

沃尔科特的白鹭，飞得像个天使

是我美好：酒中，你开放，我开放，像所有的昨日

像一千年前，我等你

金樽等待明月

5

是我根本不知道，酒
带着艰难的显现，和问询。

6

我问粮食的住所，小心翼翼
我问月亮的住所，小心翼翼
我形而上，有时形而下
酒中的月亮
我不问你——

7

我不问你。

8

我永不会问你。酒中，杀出重围的波浪
返乡的波浪，皈依的波浪
我不问你，不问黑夜卧倒的白天
不问白天黑夜
不问白天黑夜，不问粮食，为什么回到了

酒的故乡
杯前欲言又止的今日

9

今日，理当对酒当歌
理当空对悠悠古今
理当，人生几何
八大山人，把月亮画了又画
荷叶和寒鸦，画了又画
把热爱和深情，愤怒，把白天问夜晚的眼神……

画了又画。

我也画了又画。李白不知道。苏东坡不知道
陶渊明不知道
张枣更不知道，镜中
流水重新回来，一生中的酒
总有梅花相伴

10

流水重新回来，修复了人心，
北斗星在天上
校正了瞬间，以及永恒的事

梅花落，海水涨
酒带着粮食的勇气，不问歌声，和住址

杜拉斯的卡车正好经过：

海水呼啸。杯中——
人脸激荡。

……长长的海岸线。黑白片。

后山记

——兼致白舟、刘棉朵、梅依然、谈雅丽、魏兆江诸友

"世界是一种力量，而不仅仅是存在"①

1

无需山色推杯换盏，无需月亮说：

"今日之后再无今日"

无需松鼠敲门，劝君更饮一杯

更无需蝉鸣，把一生的苦楚都写在歌中

……跌宕起伏的人生

那么多白云，那么多的白云呵，在我抬头时

云一样的心，云一样的寻找

云一样，在深深的夜里开放

风掠过后山所有的树叶

我记得你说："我们都炯炯有神"

2

我们饮酒，我们饮酒时

---

① 引自史蒂文斯。

猛虎细嗅蔷薇，后山的风再一次掠过
我们所不知道的角落，掠过
我们不知道的
自己本身，温柔的时辰——

有人在沉默中又饮了一杯
有人起身，添茶，续酒，手指跟随果盘
滚动的水果
有人低头
有人低头时，呼之欲出的朗诵声
我们和自己坐在一起

蓝色的夜里，我们的听众：白色墙壁
和我们自己。

3

昼夜不舍的流水。彻夜不眠的我，和你们。
风的织布机。
词语的丛林。密室。
唯一的光，和钥匙。

4

我在这里吗，我是在这里吗我不是在这里

又在哪里？

我就是你吗，我就是你就是你就是每一个你？

我看见我在无限地接近你，认出你

我看见我一次一次离开又回来，我看见

我在这里，就在这里：

——且歌。且酒。且远方。且近邻。

且黑暗。且光明。

且静。静静。那么静……

5

没有风。我就是风。

没有光。我就是光。

没有歌，我就是歌。

没有癫狂，我就是癫狂。

没有哭泣，我就是哭泣。

6

我就是癫狂和哭泣！

7

黑暗中歌声升起。黑暗中……

星星分配人间的心事。绿茶在杯中辗转浮沉
那个像我一样的人，那个像我一样的人呵
借助我的喉咙
喉咙中的深渊，那个像我一样的人
凭空升起天梯——

可是。……你为什么落泪了呢？

8

你，你们。为什么落泪了呢。

9

有朋自远方来，当击鼓。长歌。
当哭，当笑。

亲爱的人哪——

"万江河中万江月"。黑暗中，泪流满面的人
遇见泪流满面的人

后半夜。后山。

——因为我和你，我们，泪水回到

热爱它的眼眶：

世界多么静。静呵。它获得了短暂的清凉。

空椅子

1

椅子上绵绵不绝的白天。椅子上
坐在我对面的我。
楚楚的生活。
椅子上与"空"对立，对抗
椅子上汇聚的你，昨天的你，从流水中
取出光阴密码的你
打水漂的你
扔石子的你
椅子上掌声一片，钢琴挣脱弹奏它的手
突然的雨像极了念想——

唯一的叶子不偏不倚：

落在，比"空"还"空"的"空"里
落在，比"空"还"满"的"满"里

2

白鹭飞时，像一个词语。
白鹭飞时，我和南山很近。
白鹭飞时，椅子是空的。
云游的神和我一起看见反光镜中
一路跟随的村庄、田野、河流……

莲蓬碧绿。莲心亦绿。
——它独立呵。坐在洁白的肉身里。

3

而椅子是空的。椅子之上，也是空的。
我如果曾遇见你，你们

我也是空的。

4

宁静时，"空"在"空"中。
宁静时，"空"在"空"中分成无数的"空"
宁静时，是我想否认想反对想取消想确认

所有的所有

和我自身

——椅子是空的。

5

椅子是空的。

椅子空了，椅子空了空了

椅子空了，椅子有人来又离开

如果我曾在你眼中看见来处，如果我曾在

你眼中看见光明的来处

哦。孤独的马，孤独中

驶出我在尘世的双眼，它像默温一样

嗓音里，尚未出生的美学

停在世界的尽头

——椅子不空：它接纳了所有。

在威海

——兼致阿华、唐果、唐小米

1

来不及思量的是大海，是海鸥
是一寸一寸
醒来的光阴
是波浪翻卷，翻飞，在海天相接处
是云，遇见云
是云在风里，不说风中的事
是被时光锁住的礁石，深喉
是深喉里有雪，世相丛生，我们都领到
雪的深意，领到失败——
领到黄昏
越退越远的地平线

——是我们领到我们自己。
流浪的灵魂

领到怀疑。屈从。领到追问
和追问的风

2

这么蓝的海，我们称之为威海
这么蓝的海是为什么？
这么蓝的海，我，我们能做什么？
这么蓝的海
我们称之为威海的海，是黄海和渤海的
交汇处

——我们称之为更蓝的海，我们没有
去黄海和渤海以外的海
我们跨越大半个中国，来到威海
我们跨越大半个中国来威海

我们，究竟是为什么？

3

在威海的蓝中，我无数次清洗自身
无数次清洗自身
在水中
在云中

我的一生，小于蓝，无限的愿望

接近蓝，蔚蓝，又永远小于蓝
是为了什么？

4

波浪又一次涌上来
又一次涌上来时，海鸥飞得旁枝逸出
亲爱的阿华、小米、唐果——

如果我有疑问，如果我问
这一生，如果我问你，问我，问你们

——风中散去的是什么，风中散去又一次
聚拢的，是什么？

5

我不喜欢，我在世上的样子。
我不喜欢，我隐在我身后的样子
不喜欢我迎合的样子，不喜欢海浪
一波一波涌上来
海蓝，海风吹

我呼叫，伸展
像一枚宋体，规范。温存——

我不喜欢我是一枚宋体，还反对宋体的样子

6

我不喜欢我，责难自己的样子
不喜欢黄昏降临，不原谅自身的样子

7

海又一次涌上来。像草书。

8

像草书一样伸开双臂的我们
不问明天的我们
潦草，不规则，顽疾顽强
不可知不可救药
不知道为什么的我们……

9

——我们蓝。

……蓝。蔚蓝。

遥远，或近处

被钟声打开的水纹。那向无限深处
打开的天地
不是问询，更不是回应

向着遥远，向着比遥远
更遥远的近处

梭罗草，雨中清澈的脸。
白鹭独立。

雨中独立的白鹭，是一种爱。

在更近的近处
雨。从不避雨的蜻蜓。荷叶。
荷叶尖尖。

在此之上，是六月。
是悲欣交加。

是寂静：识故人。识山河。
识然。

和……所以然。

红月亮

——致星芽，兼念杨方

1

我从不知道，月亮可以这么美
红色的月亮
高过香山、北京。高过我在人世的询问
高过杨方的倒立——
她倒立时，高过她在山脚，山腰，山上
她和我说，我们都有人间浊气

高过月亮，热气球一样带走你

——我从不知道，月亮为什么红
为什么这么美

2

月亮为什么这么红？这么美？
我从没有看见过这么美的月亮
在北京

在香山

——这么美的月亮，香山的红叶
一红再红，这么美的月亮
我再回首时

红呵……这些红，像青春
像纯粹、纯净。像你在鲁院桑葚树上
不断递给我们比红更红的深红

你在树上笑着。
桑葚滚落一地。

3

月亮很美时。你走了。
鳌山和太白山是多少公里。
白天和黑夜多少公里。
酥油灯和黎明多少公里。星芽你醒来
醒来啊
你告诉我，月亮为什么这么红
这么美

你告诉我，我们活着。我们活着也如同死去

——如同死去，是为什么。

4

有时我会梦见你。
有时不会。

5

红月亮。
红月亮。

6

红月亮在银河系。
有人从银河系回来，有人想去银河系看你
红苹果再一次回到树上
你笑呵——

7

红月亮在天上。你走之后
红月亮在天上，红得像一问再问
红得，像一答再答

星芽，你告诉我：天上今夕是何年。

酥油灯亮着，跳跃着
像你一样

它跳跃着：雪山再一次回到它的宁静。

汨罗江之女人

1

雪在我离开之后落下来。开往江南的高铁

不断撞击空气中的雪花

如你所知,亲爱的姐妹

每一片雪花,都在寻找灵魂的住所

每一种速度,都饱含着热泪

都想慢下来:

慢成群山,湖泊,树枝,和树枝上的鸟

甚至或是

慢成一个约等于

约等于自己本身:

柳庄雨雾弥漫,汨罗江静守着无常

和无常后的永恒

你和我,看见了都看见了,有人江中取水

那些水,在瓶中缄默不言

那些水,浓缩成更小的山和人世

而更多的水

带着水,和水向前……

2

究竟，风是从哪儿来的？
整个太平洋在晃动，晃动是从哪来的？
又倘若，太平洋以及太平洋上的风
借助了你的身体
在汨罗江之夜，在篝火熄灭之后
在你燃烟的手指
重新明灭的追问，是从哪来的？
骄傲是从哪里来的？苍茫是
从哪儿来的？
亲爱的茗茗啊，汨罗江之夜
你的锁骨
是这个夜晚最高的海拔：

它，怒。绽放。绝望。
它英雄
也末路——

而它永恒。它等到海男姐的旷世一吻。

3

再没有比城门更古老的守候。

我在镜头里

看你从过去穿梭到未来，带着前生的记忆

和今世的轮回

每一个台阶都是一世，海男姐

在我们交谈的中间

你的红衣服，想起你的无端落泪

它们红

它们和你一起早起，诵经

它们在等你

冷水淋浴之后，清新的黎明

和少年

明净的笑容

4

朗诵时，听众是一群乌鸦

这是王寅说的

而你不知道的是，不知道的是

在你朗诵时

所有的炭火都在寻找出处，所有的火苗

都在努力穿透黑暗的夜晚

宇舒，你更不知道的是

你和你的影子

它们同时在你的朗诵之中，它们相对

相向

更是你从不知道的，相爱⋯⋯

5

比风声更大的声音，是人世声
比风声更小的声音，是内心的声音

6

汨罗江之夜，所有的声音
磁性，雌性，魔性
穿透
坚硬的岩石，和岩石中飞鸟的影子
以及我们所熟知的日常
所有的红
复制了太阳的血液，它们等待
布匹上驶出的枣红马
踏过万物的灵魂

是归来。是雪花
终于在我的叙述中落下来：轻轻地战栗⋯⋯

瓶子的质问

1

掌纹里烟波浩渺。掌心里出走的女人
要去汨罗江取水
她要和两岸的树木
一起站成天问：你为何还不曾醒来？
飞鸟的翅膀不断撞击空气
古老的山河笔墨
借助风，在水面上写字
几千年了
写下什么，什么就消失
消失了
我们还要再写……

2

她把水，虔诚地装进瓶子里
把天地，装进瓶子里
她把飞鸟，迷雾以及她自身
装进瓶子里

她弯腰的弧度，和我掌纹的弧度
和我生命里
那些经过的美，热爱，孤绝，愤怒
忍受
和忍耐的弧度一致——

3

而你，为何尚未醒来？

4

再没有人问这条江水从哪里来
去哪里
再没有哀乐，哭声，再没有人
把一条江引入瓶内，日日夜夜
濯心，濯肺
濯我思

5

光如恩赐。那是看不见的光
转动河流的密码，和我从未真正抵达的
书页密室
两岸树木站成天问，站成

和我一样的守候

6

我的手心有窈窕的昨日。
掌纹里落叶纷飞，掌心里出走的女人
留下烟波浩渺——

它，仍是一个瓶子的质问：
你，为何还不曾醒来？